W0463657

Gewagter Einsatz

Im Nordosten von Frankreich in einem alten elsässischen Bauernhaus entstehen die spannenden Krimis der autorin Elke Schwab. Dort schreibt und lebt sie zusammen mit ihrem Mann samt Pferden, Esel und Katzen. Sie wurde 1964 in Saarbrükken geboren. Nach dem Gymnasium in Saarlouis arbeitete sie über zwanzig Jahre im Saarländischen Sozialministerium, Abteilung Altenpolitik. Schon als Kind schrieb sie über Abenteuer, als Jugendliche natürlich über Romanzen. Später entschied sie sich für Kriminalromane. 2001 brachte sie ihr erstes Buch auf den Markt. Seitdem sind sechzehn Krimis, ein Kinderkrimi und neun Kurzgeschichten von ihr veröffentlicht worden. Ihre Krimis sind Polizeiromane in bester „Whodunit"-Tradition. 2013 und 2014 erhielt sie den Saarländischen Autorenpreis der „HomBuch" in der Kategorie „Krimi". 2013 wurde ihr der Kulturpreis des Landkreises Saarlouis für literarische Arbeit mit regionalem Bezug überreicht.

Elke Schwab

GEWAGTER EINSATZ

Ein Baccus-Borg-KURZ-Krimi

solibro

SUBKUTAN
THRILLER DIE UNTER DIE HAUT GEHEN

1. Sprado, Hans-Hermann: *Risse im Ruhm.* Solibro Verlag 2005
   ISBN 978-3-932927-26-5 • eISBN 978-3-932927-67-6 (eBook)
2. Sprado, Hans-Hermann: *Tod auf der Fashion Week*
   Solibro Verlag 2007
   ISBN 978-3-932927-39-3 • eISBN 978-3-932927-68-3 (eBook)
3. Elke Schwab: *Mörderisches Puzzle*. Solibro Verlag 2011
   ISBN 978-3-932927-37-9 • eISBN 978-3-932927-64-5 (eBook)
4. Elke Schwab: *Eisige Rache*. Solibro Verlag 2013
   ISBN 978-3-932927-54-6 • eISBN 978-3-932927-72-0 (eBook)
5. Elke Schwab: *Blutige Mondscheinsonate*. Solibro Verlag 2014
   ISBN 978-3-932927-85-0 • eISBN 978-3-932927-86-7 (eBook)
6. Elke Schwab: *Tödliche Besessenheit*. Solibro Verlag 2015
   ISBN 978-3-932927-95-9 • eISBN 978-3-932927-96-6 (eBook)
7. Elke Schwab: *Gewagter Einsatz*. Solibro Verlag 4. A. 2018 [2016]
   ISBN 978-3-96079-020-4 • eISBN 978-3-96079-021-1 (eBook)
8. Elke Schwab: *Tickende Zeitbombe*. Solibro Verlag 2017
   ISBN 978-3-96079-029-7 • eISBN 978-3-96079-030-3 (eBook)

ISBN 978-3-96079-020-4 / 4. Auflage 2018

© SOLIBRO® Verlag, Münster 2018 [2016]

Alle Rechte vorbehalten.

Covergestaltung: *Wolfgang Neumann, Michael Rühle*
Coverfoto: © *iStockphoto.com/knape*
Autorenfoto: © *Alida Scharf, Köln*
Gedruckt in der EU.

www.solibro.de verlegt. gefunden. gelesen.

Vorwort

Liebe Leserinnen und Leser,

nachdem ich den Verleger des Solibro Verlages davon überzeugen konnte, meinen Erstling der Baccus-Borg-Reihe „Tödliche Besessenheit“ als sogenanntes Prequel (*Dieser Begriff bezeichnet eine Erzählung, die als Fortsetzung zu einem Werk erscheint, deren Handlung chronologisch jedoch vor diesem angesiedelt ist)* neu zu verlegen, war ich wild entschlossen, noch einen Kurz-Krimi über die beiden Kommissare Lukas Baccus und Theo Borg zu schreiben. Darin zeige ich Ihnen, wie es möglich war, dass gerade diese beiden ein Ermittlerteam geworden sind.

Der vorliegende Kurzkrimi „**Gewagter Einsatz**“ spielt im Herbst 1999:

Lukas Baccus und Theo Borg sind Kommissaranwärter und Kontrahenten dazu. Denn im Landeskriminalamt in der Abteilung für Tötungsdelikte wird nur eine Planstelle frei.

Beide wollen diesen Platz bekommen.

Wer von ihnen wird es schaffen?

Die jungen Männer aus Saarbrücken sind bereit, alles dafür zu tun. Dabei geben sie mehr über sich preis, als sie es eigentlich wollen – neben ihren Stärken auch ihre Schwächen.

Und wer am Ende der Sieger ist ...

Lesen Sie selbst!

Ihre Krimiautorin
Elke Schwab
www.elkeschwab.de

Er legte den Hörer auf und sank zufrieden in seinen bequemen Designersessel zurück. Dieses gute Möbelstück ist jeden Pfennig wert, dachte er, während er sich in das weiche Rindernappaleder schmiegte und seine Cohiba-Zigarre paffte. Sein Blick fiel aus dem Fenster. Hinter der Mauer, die seinen Swimmingpool vor neugierigen Blicken schützte, stand sein Zweitwagen, ein Lamborghini Diablo. Mit seinem leistungsstarken V12-Motor mit 510 PS und seiner starken Bremsanlage war dieses Geschoss ein Freizeitvergnügen der Spitzenklasse. Dazu noch mit allen erdenklichen Sicherheitsvorkehrungen ausgestattet. Der verstellbare Heckspoiler sorgte nicht nur für ein sportlicheres Aussehen, sondern verbesserte auch die Straßenlage bei hohen Geschwindigkeiten. Die Erinnerung an seine letzte Fahrt vermittelte ihm das Gefühl, wieder in den

Ledersitz gepresst zu werden.

Das war Lebensqualität pur. Er grunzte wohlig.

Das ließ er sich nicht mehr nehmen. Jeder, der sich ihm in den Weg stellte, überlebte das nicht.

Heute hatte er dafür wieder ein Zeichen gesetzt.

*

Fast undurchdringlich stand der Qualm im kleinen Innenraum des Wagens. Trotzdem konnte Lukas Baccus es nicht lassen und zündete sich die nächste Zigarette an. Observationen vom Auto aus waren das Schrecklichste, was er bisher hatte machen müssen. Aber als Kommissaranwärter blieb ihm keine Wahl. Er musste alle unangenehmen Tätigkeiten übernehmen, auf die keiner der etablierten Kriminalkommissare Lust hatte. Und dazu gehörte, in einer verregneten Herbstnacht im Auto bei angelaufenen Scheiben und kalten Temperaturen einen Menschenhändler zu überwachen, der gar nicht daran dachte, bei diesem Wetter das warme, gemütliche Haus zu verlassen. Bisher war jeder Versuch, den Menschenschmuggel ausländischer Frauen und Kinder nach Deutschland auffliegen zu lassen, gescheitert. Jedes Mal hatten sie vor leeren Transportern gestanden, was irgendwann den Verdacht aufkommen ließ, dass es in diesem Menschenhändlerring jemanden geben musste, der genauestens über die Einsätze der Polizei informiert war. Wie die Kriminalpolizei vermutete, handelte es sich um einen deutschen Verbindungsmann zu den Mafiabossen in Mexiko.

Berthold Böhme, der Leiter der Bereitschaftspolizei, war fest davon überzeugt, dass genau in dieser Nacht etwas Entscheidendes passieren würde. Und da Böhme zurzeit Lukas' Vorgesetzter war, musste er sich seinem Schicksal fügen und diese Überwachung klaglos ausführen. Aber es gab einen Trost: Wenn er diese Etappe seiner Laufbahn absolviert hatte, würde er ins Kommissariat aufsteigen. In der Abteilung für Kapitalverbrechen wurde bald eine Stelle frei. Dort wollte er hin. Das war sein Ziel. Deshalb – nur deshalb – harrte er unter diesen Bedingungen in der einsamen Straße aus und gab sein Bestes.

Das Radio durfte er nicht einschalten. Den Motor laufen zu lassen war ebenfalls strikt untersagt, weil er sich damit verraten könnte. Also gab es auch keine Heizung. Die Jacke, die er sich über die Schulter gelegt hatte, reichte längst nicht mehr aus. Er fror. Hinzu kam, dass er vergessen hatte, sich etwas zu essen mitzunehmen. Seine Frau Marianne hatte ihm noch extra eine Provianttasche vorbereitet. Die lag jetzt auf dem Küchentisch. Lukas ärgerte sich über seine eigene Vergesslichkeit. Marianne war nicht mehr in der Wohnung gewesen, als er aufgebrochen war, sonst hätte sie ihm die Tasche mit Sicherheit hinterhergetragen.

Sein Magen knurrte so laut, dass er schon befürchtete, Adrian Mazilescu, der Mann, den er überwachte, könnte dieses Geräusch bis ins Haus hören. Zu seinem Leidwesen begann auch noch sein Kopf zu dröhnen. Ob das mit der rauchigen Luft zusammenhing? Das Fenster öffnen durfte er allerdings auch nicht. Er stöhnte leise vor sich hin und fragte sich, wie er diese Nacht überleben sollte.

Die Kopfschmerzen wurden immer heftiger. Er schloss die Augen und versuchte, an etwas anderes zu denken. Dabei überkam ihn eine große Müdigkeit. Der Sauerstoffmangel, überlegte er und wurde müder und müder. Er durfte nicht einschlafen. Viel hing davon ab, wie er sich während seiner Ausbildung in den verschiedenen Bereichen bewährte. Und bei einer Observierung einzuschlafen wäre seiner Karriere bestimmt nicht förderlich.

Nicht nur seine Frau, auch seine Mutter hingen ihm ständig in den Ohren, mehr aus seinem Leben zu machen. Ständig appellierten sie an seine Fähigkeiten, womit es ihnen gelungen war, dass er inzwischen selbst daran glaubte, zum großen Ermittler berufen zu sein. Bisher hatte er sich immer spielerisch durchs Leben mogeln können – ohne große Anstrengungen waren ihm die Erfolge nur so zugeflogen. Das Abitur war ihm leichtgefallen, weil er das Glück hatte, die Prüfungsaufgaben schon vorher zu kennen. Für seinen Motorradführerschein hätte er damals zwei Prüfungen machen müssen – einmal den kleinen beschränkten Führerschein der Klasse 1a und zwei Jahre später eine weitere Prüfung für den unbeschränkten Führerschein der Klasse 1. Kurz vor dem zweiten Prüfungstermin war der Stufenführerschein abgeschafft worden und er bekam den großen Schein ohne Prüfung überreicht. Seine Kollegen hatte das geärgert, weil Lukas dadurch Fahrstunden, Kosten und Prüfungsstress erspart geblieben waren. Mehr aus der Not heraus, denn aus echtem Interesse hatte er sich einige Monate zuvor für die Eignungsprüfung an einer Sporthochschule angemeldet und war durchgerasselt.

Dafür war die Aufnahmeprüfung zur Polizeischule kein Problem: Die Prüfungen, die er dort hatte absolvieren müssen, waren ihm ebenfalls vorher bekannt gewesen. Das war sein Glück, denn eine Zukunft als Polizist strebte er ernsthaft an. Das passte zu ihm: für Recht und Ordnung zu sorgen, die Bösewichte von der Straße zu holen und den Menschen wieder mehr Sicherheit im Leben zu geben. *Kojak* und *Einsatz in Manhattan* fielen ihm ein. Er sah sich schon als *Baccus* beim *Einsatz in Saarbrücken.* Der Gedanke gefiel ihm, machte ihn selig und zufrieden, bis es passierte: Er sank ins Reich der Träume.

Plötzlich wurde er von einem grellen Licht geblendet.

Lukas schoss in die Höhe und stieß sich dabei mit dem Kopf am Autodach an. Prompt kehrten die Kopfschmerzen mit voller Wucht zurück. Sein BMW wies die sportliche Form auf, die niedriger war – kein geeignetes Fahrzeug, um eine Überwachung durchzuführen.

Das grelle Licht entpuppte sich als Scheinwerfer eines Autos. Erst beim zweiten Hinsehen erkannte Lukas, dass der Wagen aus der Einfahrt des Hauses gekommen war, das er überwachte. Hastig wischte er mit dem Jackenärmel über die angelaufene Windschutzscheibe, startete den Motor, wendete und folgte den sich stetig entfernenden Rücklichtern. Die Dunkelheit, die ihn umgab, irritierte Lukas. Er war es gewöhnt, durch verregnete Nächte zu fahren. Was störte ihn ausgerechnet heute daran?

*

Der Regen trommelte auf das Autodach des Toyota Corolla. Theo Borg war unbehaglich zumute, er schaute sich im Innern seines Wagens um und versuchte nicht darüber nachzudenken, dass er diese Observierung mit seinem Privatwagen durchführen musste. Als Kommissaranwärter hatte er keine große Wahl gehabt; die Dienstfahrzeuge waren für andere Einsätze vorgesehen. Und da er sich zum Ziel gesetzt hatte, eine große Karriere im Landeskriminalamt Saarbrücken zu machen, hatte er notgedrungen sein „Baby" mitgenommen.

Das Auto war sein großer Stolz! Wenn er es sich genau überlegte, war es nicht viel, was er bislang vorweisen konnte. Er schnaubte. Seit Jahren lebte er in einer Vierzigquadratmeter-Wohnung in Saarbrücken und hatte sich noch nicht aufraffen können, eine Beziehung zu einer Frau aufzubauen, mit der er zusammenleben wollte. Deshalb verbrachte er den größten Teil seiner Freizeit mit seinem Auto, stattete es mit Extras aus, pflegte es sanft und mit Hingabe und sprach sogar mit ihm. Viele Freunde hatte er auch nicht, weil er das Streben nach einem besseren Job immer als wichtiger empfand. Und nun saß er hier, dachte über die Strapazen nach, die er seinem geliebten Auto antat, und schob Hunger. Das Junggesellenleben, das er gerne als Privileg bezeichnete, hatte auch Nachteile. Eine liebende Frau hätte ihm vielleicht einen Proviantbeutel gepackt. Doch so blieb ihm nichts anderes übrig, als nach dieser endlosen Observierung irgendwo in der Stadt einen zu nächtlicher Stunde geöffneten Döner-Laden aufzusuchen und nachzuholen, was er vorher vergessen hatte. Darüber beschweren wollte er sich nicht, denn er hatte sich dieses Eremitenleben selbst ausgesucht. Er war einfach noch nicht bereit, sein Leben auf eine Frau an seiner Seite einzustellen.

Doch jetzt galt sein ganzes Interesse seinem Auftrag.

Berthold Böhme, sein Chef für die Zeit, die Theo bei der Bereitschaftspolizei absolvieren musste, war felsenfest davon überzeugt, dass der Auftraggeber und Kopf des Drogenhändlerrings heute Nacht mit Vladimir Kovac in Kontakt treten würde. Bisher waren sämtliche Versuche, den Gangster zu erwischen, gescheitert. Jede Razzia und jede verdeckte Ermittlung war aufgeflogen. Vor blitzsauberen Lokalen hatte das SEK gestanden – von Drogen keine Spur. Viele der Undercover-Ermittler waren entweder spurlos verschwunden oder bei einer offiziellen Trauerfeier beerdigt worden. Das musste ein Ende finden.

Theo parkte seinen Wagen an einer Gabelung zur Peter-Zimmer-Straße am Rand von Saarbrücken, in der Vladimir Kovacs Haus stand. Sobald der Drogenhändler über diese Strecke nach Hause kam, begann sein Einsatz. Jedes Besucherfahrzeug musste gemeldet werden, da der Drogenbaron in dieser Nacht dort erwartet wurde. Der war es, dem die Kollegen der „Organisierten Kriminalität“ schon seit vielen Jahren erfolglos hinterherjagten.

Theo konnte Berthold Böhmes Zuversicht in dieser Angelegenheit nicht nachvollziehen. Aber er kannte auch nicht alle Hinweise, die bei den Ermittlungen inzwischen eingegangen waren. Und fragen wollte er auch nicht, dann verlor Böhme sofort die Nerven und schrie ihn an.

Er wollte unbedingt in den Kriminaldienst befördert werden – konnte es kaum noch erwarten. Die ständigen Wechsel und das von oben herab behandelt werden gefielen ihm nicht. Und Böhme schon gar nicht. Der war der Schlimmste unter ihnen. Spielte sich auf wie ein Despot. Aber Theo hatte ein Ziel vor Augen und dafür nahm er auch das in Kauf. Schon lange war bekannt, dass in der Abteilung für Tötungsdelikte eine Stelle frei wurde. Das war sein Traumjob! Morde und Vergewaltigungen aufklären, für Gerechtigkeit sorgen. Zu viel Ungerechtigkeit hatte er schon in seinem Bekanntenkreis miterleben müssen, sodass ihm dieser Job ein besonderes Bedürfnis war.

Natürlich gab es dabei einen Haken. Wie sollte es auch sonst sein? Theo rieb sich die Müdigkeit aus den Augen. Seit Wochen arbeitete er auf diese freie Stelle im Landeskriminalamt hin, ackerte wie blöd, nahm sogar in Kauf, sein geliebtes Auto zu einer gefährlichen Observierung mitzunehmen, um dann zu erfahren, dass noch jemand auf diesen Posten lauerte. Er wusste auch wer: Lukas Baccus, der rothaarige, vorlaute Typ, der mit ihm zusammen die Bank der Polizeischule gedrückt hatte. Diese Neuigkeit hatte Theos Optimismus ins Wanken gebracht, wusste er doch, dass ihm nichts so leicht in den Schoß fiel. Aber aufgeben wollte er auch nicht. Nun musste er sich eben umso mehr anstrengen, damit er die Personalabteilung davon überzeugen konnte, dass er der Richtige für diese Stelle war.

Die Müdigkeit nahm zu. Die vielen Gedanken zermürbten ihn. Wofür nahm er das alles in Kauf? Wem wollte er etwas beweisen? Es gab doch nur ihn. Seine einzige Verwandte, eine alte Tante in einem Dorf irgendwo in der Pampa, interessierte sich bestimmt nicht dafür, was aus ihm wurde. Er seufzte.

Plötzlich tauchten in der Dunkelheit helle Autoscheinwerfer auf. Es konnte losgehen.

*

Fast mitten in Saarbrücken eine einsame Straße? Lukas staunte. Nur hier und da mal ein Haus. Er hatte nicht gewusst, dass es das gab. Bisher hatte es für ihn auch keinen Grund gegeben, über den Saarbrücker Stadtteil Kieselhumes in Richtung Eschberg zu fahren. Sein Leben spielte sich hauptsächlich im Nauwieser Viertel ab. Dort brauchte er nur vor die Tür zu gehen, schon hatte er ein großes Angebot an Kneipen, Restaurants und Geschäften zur Auswahl; sogar ein Kino und das *Theater im Viertel*. Aber darüber wollte er nicht nachdenken, weil auch diese Zeit bald zu Ende sein würde. Marianne suchte eine größere Wohnung – und zwar überall, nur nicht auf der Nauwies. Und was sich seine Frau in den Kopf gesetzt hatte ...

Er stöhnte leise, als er merkte, wie sich die vorausfahrenden Rücklichter immer weiter entfernten. Es kostete ihn verdammt viel Mühe, dem Wagen zu folgen, weil er die Straße so schlecht erkannte. Straßenlaternen würden hier ihre Wirkung definitiv nicht verfehlen.

Endlich passierten sie wieder Wohnhäuser, aus deren Fenstern Licht auf die Straße fiel. Gerade fuhren sie am angeleuchteten Verlagshaus des „Findling" vorbei, dahinter konnte Lukas sehen, wie sich die Straße gabelte. Die Rücklichter des Wagens bogen ausgerechnet auf die Strecke ab, die in totaler Finsternis lag.

Er reckte sein Gesicht dicht vor die Windschutzscheibe und wischte immer wieder mit dem Ärmel darüber, weil das Sichtfeld ständig von neuem anlief. Die Seitenscheibe hatte er nur kurz herunter gedreht. Sofort war ihm der Regen ins Gesicht geprasselt, weshalb er sie wieder hatte schließen müssen. An die Scheibe auf der Beifahrerseite gelangte er nicht heran, dafür war der Wagen zu breit.

Plötzlich wurde er geblendet. Er sah einige Sekunden nur schwarz. Etwas schob sich ganz dicht vor seinen BMW. Erschrocken trat Lukas voll auf die Bremse und stieß mit der Nase hart gegen die Windschutzscheibe. Da erst bemerkte er, dass er vergessen hatte, sich anzuschnallen. Die Verfolgung hatte einfach viel zu abrupt begonnen. Verzweifelt lehnte er sich zurück. Der Schmerz trieb ihm Tränen in die Augen.

Die Wagentür wurde aufgerissen, Lukas herausgezerrt und mit dem von Polizisten eingeübten Armbeugehebelgriff auf die nasse Motorhaube seines Autos gedrückt, so dass er völlig unbeweglich war.

„Polizei! Sie sind festgenommen“, schrie eine Stimme, die Lukas schon mal gehört hatte. Endlich erwachte er aus seiner Schockstarre und wand sich aus dem festen Griff seines Angreifers, indem er sich von der Kühlerhaube herunterrutschen ließ. Den Überraschungsmoment auf seiner Seite, sprang er blitzschnell auf und wollte zum Gegenschlag ausholen – da erkannte er seinen Angreifer: Vor ihm stand Theo Borg, der Kommissaranwärter, der mit ihm zusammen die Schulbank gedrückt hatte.

Theo erkannte ihn im gleichen Augenblick.

„Du?“ „Du?“

„Scheiße! Was machst du denn hier?“, brüllte Lukas und schaute sich verzweifelt um. Von dem Wagen, den er verfolgen sollte, war nichts mehr zu sehen.

„Das gleiche muss ich dich fragen“, konterte Theo genauso ungehalten. „Wieso verfolgst du meinen Mann? Dazu noch mit ausgeschaltetem Licht, dass ich in dir einen Verdächtigen vermuten muss!“

Verwirrt schaute Lukas auf die Scheinwerfer seines Wagens. Tatsächlich. Auch das hatte er vergessen. Deshalb war ihm alles so dunkel vorgekommen. Doch dadurch ließ er sich nicht aus dem Konzept bringen. Er hatte eine Observierung durchzuführen, die ihm gerade vereitelt worden war. Das konnte er nicht zulassen.

„Deinen Mann?“, fragte er böse. „Ich verfolge Adrian Mazilescu, weil wir über ihn an den Hauptdrahtzieher dieser Menschenhändlerbande rankommen wollen.“

„So ein Blödsinn“, widersprach Theo. „In dem Auto, das du ohne Licht verfolgt hast, sitzt der Drogenhändler Vladimir Kovac, den ich heute dabei überwachen soll, wie er von seinem Boss aufgesucht wird."

Blaulicht flackerte durch die Dunkelheit und riss die beiden Kommissaranwärter aus ihren Gedanken.

„Scheiße! Wer hat die denn gerufen?", frage Lukas erschrocken.

„Das war ich."

„Warum das denn? Es muss doch nicht jeder mitkriegen, was hier gerade läuft – und Böhme schon gar nicht!"

„Ich habe vorschriftsmäßig gehandelt und Verstärkung gerufen, als ich dachte, ich hätte den Boss des größten Drogenhändlerrings, den es in Deutschland gibt, erwischt."

Die Polizeiwagen hielten vor den beiden Männern an. Berthold Böhme stieg aus und ließ sofort einen bissigen Kommentar los: „Da habe ich ja die beiden richtigen Schwachköpfe in den Einsatz geschickt."

Wie immer steckte eine nicht angezündete Pfeife in seinem Mund, sein Markenzeichen. Theo dachte oft, er würde sie besser mal anzünden, denn damit könnte er seinen unangenehmen Schweißgeruch überdecken.

„Wie kann man so dämlich sein und sich gegenseitig verhaften?“

Theo und Lukas drucksten herum. Keiner wusste, was er sagen sollte. Beide fürchteten, sich nun jede Chance auf ein Weiterkommen im Job verdorben zu haben.

„Ihr fahrt jetzt ins Landeskriminalamt und wartet dort auf mich!“, befahl Böhme. „Ihr wisst ja hoffentlich noch, dass wir in die Mainzer Straße umgezogen sind. Nicht, dass ihr in der Scheidter Straße auf dem Rothenbühl steht und euch wundert, dass alles nur Baustelle ist.“

Lukas unterdrückte eine Antwort, stieg in seinen BMW ein und empfand den Geruch von kaltem Rauch im Vergleich zu Böhmes Ausdünstungen geradezu als Wohltat.

*

Die Räume waren hell, geräumig und chaotisch. Der lange Flur stand voller Umzugskartons – teilweise geöffnet, teilweise noch fest zugeklebt. Einige Büroräume wiesen bereits Schreibtische auf, andere gähnten vor Leere.

Erst im hellen Licht konnte Theo das Gesicht seines Gegenübers genauer erkennen. Darin blühte ein blaues Veilchen am linken Auge und die Nase war geschwollen.

„Was ist mit dir passiert?", fragte er erschrocken.

„Die Nase habe ich mir an der Windschutzscheibe breitgedrückt."

„Und das Auge?"

„Ach das." Lukas fuhr sich vorsichtig mit der Hand darüber und meinte: „Ich wohne auf der Nauwies, direkt gegenüber vom *Kurzen Eck*. Kennst du die Kneipe?"

„Klar! Da müssen die Kollegen aus der Karcherstraße so ziemlich jede Nacht ein paar Streithähne voneinander trennen."

„Eben. Ich gehe ab und zu dorthin, um ein Feierabendbier zu trinken. Beim letzten Mal gab es eine Schlägerei und ich war mittendrin."

„Bist du festgenommen worden?" Theo grinste.

„Nein!" Lukas erwiderte das Grinsen nicht.

Am Ende des Flurs angekommen, standen sie vor einem großen Raum, in dem sich trotz später Stunde noch einige Polizeibeamte aufhielten und in den Kartons wühlten.

Plötzlich ertönte ein tief gebrummtes „Mene, Tekel, Phares!"

Lukas und Theo schauten sich ratlos an. Das klang bedrohlich. Dann tauchte hinter einer großen Kiste ein Mann ganz in Schwarz auf. Sogar seine Haare glänzten schwarz und umrahmten ein schmales, blasses Gesicht.

„Geteilt, gezählt, gewogen!", sprach er weiter, als sei er allein. „*Wer das Wort verachtet, muss dafür büßen; wer aber das Gebot fürchtet, dem wird es gelohnt.* Niemals war die Rede davon, dass ich mit all diesen Sündern in einem Großraumbüro zusammengepfercht werde. Mir war die längste Zeit gut gewogen."

Leise flüsterte Theo: „Der Vollstrecker!"

Lukas nickte. Sein Gesicht wurde um die angeschwollene Nase immer blasser, sein Veilchen leuchtete.

„Keine Angst", erklang eine zarte Frauenstimme hinter ihnen. „Ich kann Ihnen versichern, dass Dieter Marx ein ganz harmloser Kollege ist. Er gehört zur Drogenabteilung und ist verdammt gut. Ab und an zitiert er mal einen Bibelspruch. Mehr auch nicht."

Neugierig geworden, drehten sie sich um und sahen eine junge, blonde Frau, die sich ihnen lächelnd näherte.

„So hübsche Politessen im Einsatz?", gurrte Lukas.

„Für einen Kommissaranwärter sind Sie ganz schön vorlaut", gab sie zurück. „Ich bin Silvia Tenner, die Kriminalpsychologin."

Jetzt lief Lukas' Gesicht rot an, was sein blaues Auge noch mehr betonte.

„Dann wissen Sie bestimmt, warum Dieter Marx diese Bibelsprüche vom Stapel lässt", reagierte Theo sofort mit einem charmanten Grinsen.

„Wie kommen Sie darauf?“

„Als Kriminalpsychologin ...“ Theo zwinkerte ihr vielsagend zu.

„Schon mal was von Schweigepflicht gehört?“ Mit diesen Worten tänzelte Silvia Tenner durch den langen Flur davon.

„Wow! Was für eine steile Braut“, fand Lukas seine Stimme wieder. „Mit der ein bisschen zu arbeiten, könnte mir gefallen.“

„Vergiss es! Die hat mich im Auge.“

„Du leidest an Größenwahn“, konterte Lukas. „Ich habe sie voll und ganz für mich eingenommen.“

„Angeber! Auf dein blaues Auge und deine angeschwollene Nase hat sie erschrocken gestarrt. Sonst nichts.“

„Ich würde es ja drauf ankommen lassen. Aber weil ich heute in Siegerlaune bin, überlasse ich sie dir“, gab Lukas gönnerhaft zurück.

„Nanu, so schnell gibst du auf?“

„Ich gebe nicht auf – ich bin vernünftig, weil ich verheiratet bin.“

„Du bist verheiratet?“ Es verschlug Theo fast die Sprache.

„Was guckst du so schockiert?“, fragte Lukas empört zurück. „Sehe ich so sehr nach Single aus oder was!“

„Naja. Du wohnst im Nauwieser Viertel und schlägst dich im *Kurzen Eck*. Da wäre ich wirklich nicht auf eine Ehefrau gekommen.“

„Wo wohnst du denn?“

„Direkt an der Berliner Promenade – in dem Hochhaus mit dem Mercedes-Stern obendrauf.“

„Klingt echt nobel.“

„Naja, ist ein Wohnklo mit Balkon und Blick über die Saar und die Stadtautobahn. Unter nobel verstehe ich was anderes. Aber solange ich Single bin, reicht es. Je kleiner die Bude, desto weniger Arbeit."

„Ganz meine Rede. Aber Marianne redet schon lange davon, umzuziehen. Und wie ich sie kenne, schafft sie das auch."

„Muss ja eine verdammt starke Frau sein."

„Stimmt. Du kannst gut kombinieren." Lukas griente. „Aber du hast einen Kollegen im Einsatz aus dem Verkehr gezogen. Deshalb bekommst du den Job nicht, sondern ich."

„Mach dir keine falschen Hoffnungen! Wer nachts ohne Licht fährt bekommt die Stelle bestimmt nicht", erinnerte ihn Theo.

„Blödsinn! Das war Taktik. So hat er mich nicht bemerkt. Aber du hast meine Überwachungsaktion sabotiert. Damit hast du dich selbst ins Aus geschossen."

Theo rümpfte die Nase, weil er Lukas Recht geben musste. „Wenn ich mir dich so ansehe, wirkst du auf mich nicht gerade wie der souveräne Meister aller Lebenslagen", trumpfte er stattdessen auf.

„Wie meinst du das?"

„Dein Gesicht und dein Name erinnern mich ständig an die Kirmesattraktion *Hau den Lukas*."

Lukas schaute einen Augenblick lang verdattert drein, überlegte kurz, ehe er konterte: „Und wenn ich deinen Namen höre, plärrt mir ständig der grässliche Ohrwurm *Der Theodor, der Theodor, der steht bei uns im Fußballtor* durch den Kopf."

„Touché!" Theo grinste. „Auch nicht schlecht! Hat mir noch keiner gesagt."

Stimmen unterbrachen das Geplänkel. Sie schauten in den langen Flur und sahen Berthold Böhme auf sie zukommen.

„Nachdem ihr zwei degenerierten Schwachköpfe diese Operation vermasselt habt, gibt es einen Auftrag für euch, der so idiotensicher ist, dass sogar ihr den fertigbringt."

Theo und Lukas wechselte Blicke, die alles sagten.

„Ihr fahrt jetzt zu Adrian Mazilescus Haus und schaut nach, was dort passiert ist!"

„Ich dachte, Adrian Mazilescu soll überwacht werden?"

„Kein Wunder, dass du nichts verstehst", kam es ironisch von Böhme zurück. Mit der linken Hand versuchte er an Lukas' Hinterkopf zu schlagen, was der Kommissaranwärter zu verhindern wusste, indem er sich blitzschnell duckte und Böhmes Hand packte. Dessen Gesicht lief sofort knallrot an.

„Schon gut!", brummte der daraufhin und erklärte: „Ihr sollt euch nicht mit ihm verbrüdern, sondern versuchen herauszubekommen, was Vladimir Kovac dort wollte."

„Wie soll das gehen?“ Theo stutzte.

„Durch Observierung.“

„Adrian Mazilescu zu observieren war meine Aufgabe“, protestierte Lukas.

„Die Situation hat sich aber geändert. Vladimir Kovac kam eindeutig aus der Hauseinfahrt von Adrian Mazilescu herausgeschossen. Deshalb ist anzunehmen, dass er vorher in dessen Haus war. Ich muss wissen, was dort passiert ist. Nach meinem Ermittlungsstand weiß der eine nichts von dem anderen. Eine Fusion dieser beiden Mafiosi wäre ein herber Schlag gegen unsere Ermittlungen im Organisierten Verbrechen.“

Theo und Lukas nickten und eilten davon. Auf dem Weg zum Fahrstuhl brummte Theo: „Ich bin froh, wenn ich diese Phase meiner Anwärterschaft hinter mir habe. Böhme ist schwer zu ertragen.“

„Geht mir genauso.“

Sie stiegen in den Lift und fuhren nach unten.

*

Das Haus am Ende der Sackgasse lag in völliger Dunkelheit, genauso, wie Lukas es erst vor wenigen Stunden im Eiltempo verlassen hatte. Es regnete immer noch in Strömen. Die Vorstellung, bei diesem Wetter hinaus zu müssen, gefiel keinem der beiden.

Theo schaute sich die imposante Fassade eine Weile an und meinte: „Das sieht wirklich merkwürdig aus."

„Was meinst du damit?"

„Dass Adrian Mazilescu entweder gar nicht im Haus war, als du ihn stundenlang überwacht hast ..."

„Natürlich war er das!"

„... oder, dass hier etwas gewaltig stinkt."

Sie stiegen aus, entsicherten ihre Waffen und liefen durch die Garageneinfahrt auf das Haus zu. Der Eingangsbereich war überdacht. So konnten sie kurz aufatmen und sich vor dem starken Regen schützen. Lukas hob seine Hand in Richtung Haustürklingel. Theo hielt sie fest und flüsterte: „Die Anweisung lautet Observierung."

„Klar! Sollte der Typ tot oder schwer verletzt in seinem Haus liegen, während wir tatenlos davorstehen, wirkt das sich auch nicht gerade rühmlich auf unsere Karriere aus."

„Stimmt." Theo ließ Lukas' Hand los.

Der klingelte. Nichts geschah. Die Haustür blieb verschlossen.

„Trotzdem dürfen wir ohne richterliche Anordnung nicht rein."

„Aber bei Gefahr im Verzug", widersprach Lukas.

„Davon war bisher keine Rede“, stellte Theo klar. „Bevor wir uns damit blamieren, schlage ich vor, dass wir zuerst um das Haus herumgehen und nachschauen, wie es hinten aussieht.“

Im Vorgarten war zu ihrem Glück ein Weg mit Platten ausgelegt, dem sie nur folgen mussten. Er führte an einer langen, fensterlosen Wand vorbei zur Rückseite des Hauses. Der Garten lag wie ein schwarzes Loch vor ihnen. Sie konnten nur das erkennen, was direkt vor ihnen war – eine großzügige Terrasse.

Die Terrassentür stand offen.

„Ob das eine Falle ist?“, überlegte Lukas.

„Woher sollte er wissen, dass wir kommen?“

„Weil er bisher schon immer mehr wusste, als die Polizei. Was glaubst du, warum es so schwer ist, diese Typen zu fassen zu kriegen?“

„Und was machen wir jetzt?“, fragte Theo.

„Reingehen! Was sonst? Dafür sind wir hier.“

Sie warfen sich einen Blick zu, sprachen sich ab, wie sie sich gegenseitig absichern wollten und machten sich auf den Weg. Es dauerte nur wenige Sekunden, in denen weder ein Wort gesprochen noch ein einziges Geräusch verursacht wurde, schon standen sie im Wohnzimmer. Mit Taschenlampen ausgerüstet, leuchteten beide gleichzeitig auf den Mann, der leblos zwischen Wohnzimmertisch und Couch lag. Eine klaffende Wunde an seinem Hals ließ deutlich erkennen, dass ihm die Kehle durchgeschnitten worden war.

Deshalb hatte Lukas nichts hören können. Diese Tötungsart war lautlos. Hatte der Mörder bemerkt, dass das Haus überwacht wurde? Jetzt fröstelte es ihm noch zusätzlich.

„Ist das Adrian Mazilescu?“

Lukas nickte.

Weiter leuchteten sie das Wohnzimmer aus und stellten fest, dass dort alles ordentlich und aufgeräumt aussah. Nichts, was auf ein hastiges Durchsuchen hindeutete. Lediglich ein kleiner Papierfetzen klemmte unter dem Fuß des schweren Sofas. Theo versuchte, ihn herauszuziehen, aber das war unmöglich. Mit der Taschenlampe leuchtete er darauf und sah, dass es gelbes Glanzpapier war – also nichts, was ihnen einen Hinweis hätte liefern können. Enttäuscht richtete er sich wieder auf.

„Das stinkt nach Mord“, meinte Lukas mit Kennermiene. „So wie es hier aussieht sogar Auftragsmord.“

„Leider nicht mehr unsere Baustelle“, bemerkte Theo. „Ich schätze, wir gehen sofort wieder raus und verständigen die Tatortbereitschaft, damit wir nicht noch mehr Spuren kontaminieren."

*

Die Morgensonne weckte die gute Laune in ihm. Er ließ sich am Frühstückstisch nieder und genoss die Vielfalt, die sich ihm bot. Seit dem zweiten Telefonat in dieser Nacht konnte er sich an den kleinsten Kleinigkeiten erfreuen. Sogar daran, dass das Frühstücksei zu hart gekocht worden war.

Wieder einmal hatte er festgestellt, dass Nicht-Denken angesagt war. Von wegen tatkräftig der Welt gegenüberstehen! Nein, sich von den Absonderlichkeiten beeindrucken lassen, ohne lange zu hinterfragen. Damit gewann er Zeit und Macht. Das Tabu gegen die Weltsicht der Bekloppten hatte sich in Nichts aufgelöst. Die Wahnvorstellungen begannen nun auch in ganz normalen Köpfen zu spuken und die schönsten Blüten zu treiben. Wenn die ge-

schulteste Vernunft in letzter Konsequenz ihr Gegenteil hervortrieb, griffen die alten Selbstverständlichkeiten nicht mehr. Die Sicherheit, in der man sich stets gewähnt hatte, war plötzlich nur noch Einbildung.

Lukas Baccus durchlebte gerade diesen Prozess.

Eine gewöhnliche Observierung hatte ihn an seine Grenzen geführt. Und dieser leicht manipulierbare Irre wollte in die Geschichte der Verbrechensaufklärung aufsteigen? Er lachte. Dann konnte sich die Gesellschaft sicher sein, dass die Irren immer näher rückten und aus dem Wahnsinn Normalität machten.

Genüsslich verspeiste er den letzten Rest seines Frühstückseis, lehnte sich in seinem Stuhl zurück und erfreute sich daran, dass er es war, der immer zur rechten Zeit am richtigen Ort war.

Ihm konnte keiner die Stirn bieten.

*

Als Lukas sein gesundes Auge aufschlug, sah er durch das Fenster Tageslicht. Erschrocken sprang er auf, doch der Schmerz, der durch seinen Kopf schoss, ließ ihn wieder zurück in die Kissen sinken.

„Keine Sorge, mein Morgenmuffel. Du bist noch rechtzeitig dran“, begrüßte ihn Marianne und küsste ihn zärtlich auf die Nasenspitze.

Sofort fuhr er sich mit der Hand daran und tastete sie ab. Die Schwellung war zurückgegangen.

„Guten Morgen, Frau Dr. Marianne Baccus!“, grüßte er zurück und wollte sie ins Bett ziehen. Doch seine Frau war schneller. Erst jetzt sah er, dass sie schon vollständig angezogen war.

„Ich habe einen wichtigen Termin“, erklärte sie. „Der Modeschöpfer John Galliano will heute zu uns ins Atelier kommen und meine neuesten Modelle prüfen. Dafür muss ich alles vorbereiten."

„Wow! Klingt nach einem Durchbruch."

„Wenigstens einer von uns, der es schafft! Seit deinem Einsatz letzte Nacht habe bei dir nämlich so meine Zweifel."

„Musste das jetzt sein?", fragte Lukas brummig. Er wollte nicht auch noch von seiner Frau an den Fehlschlag der letzten Nacht erinnert werden.

Marianne zog ihm die Bettdecke mit einem Ruck weg. Nackt lag Lukas vor ihr.

„Reaktionsvermögen sehr schlecht – für den Polizeidienst ungeeignet", kommentierte sie frech.

Da stand sie vor ihm – ihr lockiges Haar zu einem Pferdeschwanz zurückgebunden und ihre üppigen Rundungen in einem engen, figurbetonten Kleid. Sofort waren alle Sinne in ihm geschärft.

„Dann muss ich dich aber schnell vom Gegenteil überzeugen."

Er zog sie auf das Bett, zerwühlte ihre Frisur, streifte ihr das Kleid ab und fiel stürmisch über sie her.

„Na, immer noch ungeeignet?", fragte er hinterher mit einem schelmischen Grinsen.

„Mich hast du überzeugt. Jetzt sieh nur zu, dass du deine Vorgesetzten auch überzeugst. Aber bitte mit Hemd und Hose! Nackt lasse ich dich nicht gehen." Marianne kicherte und verließ das Bett. Zum Abschied gab sie ihm einen Kuss und meinte: „Wenn du heute so zielstrebig bleibst, klappt es bestimmt mit dem Job. Ich habe nämlich eine tolle Wohnung für uns gesehen."

Weg war sie.

Mit gemischten Gefühlen ging Lukas später über den schmalen Bürgersteig auf sein Auto zu. Der Fünfer BMW in Silbermetallic lachte ihn an. Er stieg ein, öffnete die Scheiben, um den kalten Rauch rausziehen zu lassen, startete den Motor und machte sich auf den Weg zum Landeskriminalamt.

Sofort war seine Zuversicht wieder verschwunden. Fast wäre es ihm gelungen, den versiebten Einsatz der letzten Nacht zu vergessen, so schön war er an diesem Morgen geweckt worden. Doch jetzt war alles wieder da: Der Ärger, dass ihn ausgerechnet dieser Theo bei seiner Observierung gestört und Böhme keinen Hehl daraus gemacht hatte, wie gerne er sie beide für den Mist würde bluten lassen.

Der Job bedeutete ihm viel, aber das war nicht allein der Grund, warum er einen solchen Ehrgeiz entwickelte. Es waren die Erwartungen, die plötzlich an ihn gestellt wurden. Seine Mutter war schon lange der festen Überzeugung, dass er das Zeug zum Polizeipräsidenten hätte. Lukas schnaubte. Die Hochschätzung des eigenen Sohnes war ja etwas Schönes. Aber würde es ihm auch gelingen, ihre Erwartungen wenigstens annähernd zu erfüllen? Hinzu kam, dass Marianne ihn täglich bedrängte, weil sie bereits das Geld verplante, das er dann mehr verdienen würde. Von einer Eigentumswohnung und Kindern war plötzlich die Rede – Gedanken, die Lukas eher abschreckten als anspornten. Was sollte er mit einem Kind? Er fühlte sich selbst noch nicht richtig erwachsen.

Er parkte direkt neben einem blauen Toyota Corolla auf dem großen Parkplatz hinter dem Gebäude des Landeskriminalamtes. Er erkannte das Auto sofort. Damit war er in der letzten Nacht ausgebremst worden, als er gerade ohne Scheinwerfer dabei war, den falschen Wagen zu verfolgen.

Meine Güte, welch ein Lapsus. Er rieb sich über seine Nase, bei der Erinnerung daran.

Theo Borg machte eigentlich einen kollegialen Eindruck auf Lukas. Trotzdem war er ein ernstzunehmender Konkurrent. Denn auch er war wild entschlossen, den Job in der Abteilung für Gewaltverbrechen zu bekommen. Wie dieses Duell wohl ausgehen würde?

Er seufzte, warf noch einen letzten Blick in den Rückspiegel: Sein blaues Auge hatte sich inzwischen grün verfärbt, was perfekt zu seinen leuchtend roten Haaren passte. Zumindest behauptete das seine Frau.

*

Theo traf vor Lukas im Büro der Landeskriminalpolizei ein. Das gefiel ihm, denn er befürchtete, dass Lukas mit seiner unbeschwerten Art Punkte sammeln könnte bei der Erklärung, was am Abend zuvor passiert war. Während Theo alles mit Unsicherheit und Ehrgeiz anging, wirkte Lukas auf ihn wie ein Gewinner. Das machte es ihm noch schwerer, seine Nerven im Zaum zu halten. Er wollte diese Stelle im Kommissariat unbedingt haben. Das war ihm wichtig, weil er ein Ziel vor Augen hatte. Er wollte für mehr Gerechtigkeit sorgen. In seinem Freundeskreis gab es ein bis heute ungesühntes Verbrechen, das ihn einfach nicht losließ. Seit diese grauenvolle Tat begangen worden war, wusste er, dass er Polizist werden wollte. Und er wusste auch, dass er ein gutes Ermittlergespür hatte. Das wurde ihm schon von Kind an bestätigt, wenn er in der Schule dabei helfen konnte, Missstände aufzuklären. Oder bei der Bundeswehr: Er war stets derjenige gewesen, der die Gefahr kommen sah, ihm hatten es seine Kameraden zu verdanken, dass sie so mancher Strafe entgangen waren. Die freie Stelle war seine Chance, die durfte er nicht vermasseln; wer wusste schon, wie lange es dauern würde, bis sich eine ähnliche Gelegenheit bot.

Er steuerte auf das Großraumbüro zu. Da kam ihm durch den langen Flur die Kriminalpsychologin Silvia Tenner entgegen. Er blieb stehen. Der Kayal an ihren Augen war verwischt, als hätte sie geweint. Ihr ebenmäßiges Gesicht wirkte gerötet, ihre langen, blonden Haare zerzaust.

„Was ist los?“

Erschrocken schaute sie auf, als hätte sie Theo jetzt erst bemerkt.

„Nichts!“, stieß sie unfreundlich aus.

„Als Psychologin müssten Sie wissen, dass Reden hilft“, philosophierte Theo einfach drauf los, weil er nicht wollte, dass sie ihn so abkanzelte. Diese Frau gefiel ihm, er spürte ein starkes Verlangen nach ihr.

Nun lächelte sie tatsächlich und meinte: „Sie sind ein Filou! Das habe ich letzte Nacht schon bemerkt.“

„Letzte Nacht“, wiederholte Theo. „Wie schön das klingt. Und dann siezen wir uns immer noch?“

Nun lachte Silvia laut. Sie begleitete ihn ein Stück durch den Flur und steuerte einen der leeren Büroräume an. Dort sagte sie: „Du willst ja unbedingt diese Stelle besetzen, die gerade frei wird. Da kannst du dich auf was gefasst machen.“

„Was war gerade so schlimm? Bist du gefeuert worden?"

„Nicht direkt. Aber Detlef Konz hat mich beim Chef angeschwärzt. Irgendwie ist er an Fotos von mir gekommen, die auf einer Party an der Uni gemacht worden sind, als ich schon ein paar Promille intus hatte. Die hat er dem Dienststellenleiter Allensbacher gezeigt."

„Klingt nicht gut."

„Aber das ist noch nicht alles. Was Allensbacher weiß, weiß auch Kriminalrat Hugo Ehrling."

„Wer ist Detlef Konz?"

„Das ist der Kollege, dessen Partner gekündigt hat und für den Platz du dich beworben hast."

„Wieso ist er so mächtig?"

„Er ist Kriminalhauptkommissar und schon lange hier. Allensbacher hat einen

Narren an ihm gefressen. Keiner weiß wieso. Die Narrenfreiheit, die Konz genießt, geht hier jedem auf den Keks."

„Allensbacher ist der Dienststellenleiter, wenn ich mich richtig erinnere?"

„Genau. Und dazu noch die rechte Hand des Kriminalrates. Ich glaube, Allensbacher steht jedes Wochenende an Hugo Ehrlings Wochenendhaus und mäht dort den Rasen."

„Und jetzt?"

„Jetzt bin ich aus dem Großraumbüro geflogen und bekomme eine Besenkammer zugeteilt, in der ich kein Unheil anrichten kann."

„Das tut mir leid." Theo schaute Silvia mitfühlend an und näherte sich ihr vorsichtig. Als er bemerkte, dass sie es zuließ, legte er seine Arme um ihre Taille und zog sie näher an sich heran. Doch nun sträubte sie sich und meinte lächelnd: „Glaubst du, es wird besser, wenn Konz mich auch noch in dieser Pose erwischt?“

„Aber ja! Er würde platzen vor Neid. Ein lauter Knall und er wäre tot!“

Silvia lachte: „Das wäre eine feine Lösung.“

Sie verließen das Büro und trafen im Flur auf Lukas.

Silvia verabschiedete sich hastig und verschwand.

„Das ging ja wirklich schnell“, stellte Lukas staunend fest.

„Was ging schnell?“, fragte Theo. „Wir haben uns nur unterhalten. Und als zukünftiger Kollege ist das doch das Normalste auf der Welt.“

„Wer der zukünftige Kollege sein wird, sei noch dahingestellt.“

Gemeinsam traten sie auf das Großraumbüro zu. Sie staunten, als sie sahen, wie viel sich in den letzten Stunden dort verändert hatte. Einige Schreibtische standen an ihrem Platz und waren mit Computern ausgerüstet, deren Bildschirme viel Platz einnahmen. Telefone wurden angeschlossen. Beamte räumten ihre persönlichen Sachen aus den Umzugskisten heraus. Handwerker installierten die Deckenbeleuchtung. Ein großer, schlaksiger Mann mit blonden lichten Haaren trug einen Karton in Richtung Tür, in der Lukas und Theo standen und das Treiben beobachteten. Seine dünnen Haarsträhnen waren auffällig über den Kopf gelegt, als wollte er damit seine Glatze verbergen. Doch der Versuch war gescheitert. Dafür wirkten seine Augen freundlich und sanft. Er lächelte die beiden an, stellte den Karton ab und sagte: „Ich bin Karl Lässig. Ich suche hier nur meine Kisten heraus und trage sie in das Büro, in dem ich ab sofort arbeiten werde. Und Sie sind bestimmt die beiden Kommissaranwärter, die auf meinen Platz wollen."

Lukas und Theo wussten nicht, wie sie sich verhalten sollten. Also lächelten sie nur zurück und sagten nichts.

„Keine Sorge", erwiderte der Mann darauf, als schien er zu verstehen, was in den beiden vorging. „Ich überlasse Ihnen diesen Platz freiwillig. Wenn Sie mal die Kollegin Andrea Peperding kennengelernt haben, wissen Sie warum."

„Eine Kollegin allein schafft es, dass Sie gehen?", fragte Lukas.

„Naja. In dieser Abteilung ist nicht alles so einfach, wie es in den Fernsehkrimis immer aussieht. Hier ziehen nicht alle an einem Strang. Während Dieter Marx ständig fürchterliche Bibelflüche über dich ergießt, versucht Konz mit Denunziationen sämtliche Kollegen durch den Dreck zu ziehen. Und Andrea trägt ihren Männerhass so offensichtlich zur Schau, dass man sich fast schämt, ein Mann zu sein. Also machen Sie sich auf etwas gefasst."

„Verdammt heftig", murmelte Theo.

„Ich nehme die Herausforderung an", konterte Lukas kampfbereit.

„Glaubst du, ich kneife?", giftete Theo zurück.

„Hat sich gerade so angehört." Lukas grinste.

Sie ließen Karl Lässig mit seinem Karton passieren und traten in das Großraumbüro ein.

„Welcher hirnlose Schlappschwanz hat meine Sachen geklaut?", schepperte gerade eine weibliche Stimme durch den Raum.

Leise murmelte Lukas in Theos Richtung: „Ob das wohl besagte Andrea Peperding ist?"

„Klang verdächtig danach."

Wie aus dem Nichts steuerte plötzlich ein großer, kräftiger Mann auf die beiden zu. In seiner linken Hand hielt er ein Taschentuch, mit dem er sich über seine verschwitzte Stirn wischte. Die rechte Hand hielt er den beiden Kommissaranwärtern zum Gruß entgegen.

„Wendalinus Allensbacher ist mein Name. Ich bin der Dienststellenleiter. Ab heute arbeiten Sie beide für mich, weil aus Ihrer Überwachungsaktion ein Mordfall geworden ist."

Lukas spürte, wie sein Adrenalin anstieg. Der erste Schritt in die Abteilung für Tötungsdelikte war geschafft.

„Wie wir alle wissen", sprach der dicke Mann weiter, „wird nur ein Platz in meiner Abteilung neu besetzt. Also rate ich Ihnen, keinen Konkurrenzkampf zu veranstalten. Das würde sich äußerst negativ auf meine Beurteilung auswirken und dazu führen, dass ich keinen von Ihnen beiden für diese Stelle auswähle. Ich hoffe, wir haben uns verstanden."

Lukas und Theo nickten eifrig.

Er wischte sich erneut mit seinem Taschentuch über das Gesicht. „Gut so! Nach dem Stand der Spurensicherung ist bewiesen, dass Vladimir Kovac der Mörder ist. Er ist seit der Tatnacht spurlos verschwunden." Allensbacher legte eine kurze Pause ein, als ein Polizeibeamter eintrat und sich einfach dazustellte, als gehörte er zu dem kleinen Kreis.

„Das ist der Mann, mit dem einer von Ihnen später zusammenarbeiten wird, Kriminalhauptkommissar Detlef Konz", stellte Allensbacher den Neuzugang vor. Anstatt den beiden Männern die Hand zu reichen, schloss dieser sie fest zu einer Faust. Dabei setzte der kleine, untersetzte Mann ein Grinsen auf, das einem Zähnefletschen ähnelte, und machte immer noch keine Anstalten, die Kommissaranwärter zu begrüßen. Stattdessen sagte er zu Allensbacher: „Führen jetzt schon Anwärter Mordermittlungen durch?“

Ein minziger Geruch strömte Lukas und Theo entgegen. Lukas rümpfte die Nase. Theos Blick fiel auf den Kriminalhauptkommissar, der seine zur Faust geballte Hand in seine Hosentasche steckte. Erst als er merkte, dass Konz ihn dabei beobachtete, schaute er schnell wieder auf den Dienststellenleiter.

„Die Mordermittlung ist abgeschlossen. Die beiden werden unsere Kollegen der Bereitschaft bei der Suche nach dem Verdächtigen unterstützen“, widersprach Allensbacher. Dann wandte er sich an Theo und wies ihn an: „Nachdem Sie Victor Kovac mehrere Tage überwacht haben, sind Sie mit seinen Gewohnheiten bestens vertraut. Sehen Sie zu, dass Sie ihn ausfindig machen. Und sobald Sie sein Versteck gefunden haben, rufen Sie Verstärkung! Alleingänge sind untersagt."

„Kein Problem", meinte Theo. „Ich habe ein Handy. Damit kann ich Sie von überall aus anrufen."

Er nahm ein kleines viereckiges Kästchen aus seiner Hemdtasche und präsentierte Allensbacher seine Errungenschaft.

Der verzog sein Gesicht zu einer Grimasse und meinte: „Sie nehmen einen Dienstwagen mit Funk. Das ist mir lieber, weil ich genau weiß, dass ich mich darauf verlassen kann. Diesen mobilen Telefonen traue ich nicht."

„Und was mache ich?“, fragte Lukas.

„Sie werden Theo Borg begleiten. Damit will ich verhindern, dass Sie sich wieder gegenseitig verhaften – oder schlimmer noch – erschießen.“

Der Seitenhieb saß. Lukas und Theo schluckten.

„Aber zuerst schauen Sie sich gemeinsam in Adrian Mazilescus Haus um, ob es dort Hinweise auf Verbindungen zwischen den beiden Männern gibt“, sagte Allensbacher nun wieder in gemäßigtem Ton. „Das wäre ein Hinweis darauf, dass wir es mit nur einem Drahtzieher zu tun haben.“

„Und was würde das bedeuten?“, fragte Lukas.

„Ganz einfach“, setzte Allensbacher mit seiner Erklärung an. „Sollten sich Vladimir Kovac und Adrian Mazilescu gekannt haben, besteht die Möglichkeit, dass wir es mit einem einzigen Anführer zu tun haben – einem Mafiaboss im ganz großen Stil, der einen Menschenhändlerring und gleichzeitig einen Drogenhändlerring hier in Deutschland anführt."

„Und wir sind es, die diesen sensationellen Fall zum Abschluss bringen", schwadronierte Theo mit leuchtenden Augen.

„Nur keine falsche Bescheidenheit", bremste Detlev Konz den Eifer des Kommissaranwärters. „Daran sind schon andere gescheitert."

*

Die Sonne verschwand immer häufiger zwischen Wolkenbänken, die sich dicht zusammenschoben und für einen heftigen Wind sorgten. Die Passanten hatten Mühe, gegen die Sturmböen anzukämpfen. Taschen und Einkaufstüten entwickelten in ihren Händen ein Eigenleben. Die Äste der Bäume bogen sich verdächtig tief über die Straße. Schilder wackelten und stießen dabei laute Quietschtöne aus, als stöhnten sie. Lukas und Theo standen in einer langen Autoschlange vor einer Ampel, die in viel zu kurzen Abständen auf Rot umsprang. Die Wartezeit überbrückte Lukas, indem er inzwischen schon die dritte Zigarette anzündete. Nun wurde es Theo zu bunt. Er öffnete das Fenster, ließ den heftigen Wind ins Innere des Autos blasen und schimpfte: „Würdest du diese dämliche Raucherei mal sein lassen? Immerhin sitzt du nicht allein im Auto.“

„Was regst du dich so auf?“, reagierte Lukas gereizt. „Bist wohl ein militanter Nichtraucher, oder was?“

„Nein! Ich habe nur keine Lust, während

der Fahrt zu ersticken.“

Lukas öffnete seine Seitenscheibe und ließ die angefangene Zigarette vom Wind hinaustragen. Wieder eine Grünphase und wieder schafften sie es, zwei Autolängen weiterzukommen.

„Sag mal, Lukas“, begann Theo, der am Steuer saß, „wäre es zu viel verlangt, wenn ich dich bitte, mir diesen Posten im LKA zu überlassen?“

„Hä? Hat man dir ins Hirn geschissen?“

„Du bist ein Gewinnertyp“, wehrte sich Theo. „Wenn du diesen Job nicht bekommst, schaffst du es bestimmt, noch was Besseres zu kriegen. Während es mir viel schwerer fällt, ein Ziel zu erreichen. Und das ist eine Arbeit, die ich schon seit vielen Jahren anstrebe. Doch leider ist nur selten ein Platz dort frei.“

„Was glaubst du, warum ich diese ganze Anwartschaft auf mich nehme?", fragte Lukas zurück. „Weil ich genauso scharf auf den Job bin. Und Gewinner ... ich weiß nicht. Bei der Aufnahme fürs Sportstudium bin ich durchgerasselt. Ich muss genauso kämpfen wie du. Also schlag dir aus dem Kopf, dass ich einfach so aufgeben werde."

Nachdem sie die Ampel passiert hatten, konnten sie das Chaos auf Saarbrückens Straßen hinter sich lassen und zügig auf den Eschberg hinauffahren. Schweigend spürten sie, wie der Dienstwagen, ein Peugeot 305, von Sturmböen immer heftiger durchgeschüttelt wurde.

Am Ende der Sackgasse erhob sich das majestätische Haus von Adrian Mazilescu vor ihnen. Das Flatterband, das Unbefugten den Zutritt verwehren sollte, bestand nur noch aus Fetzen. Lediglich das Polizeisiegel an der Haustür war noch unbeschädigt. Sie schnitten es auf, sperrten die Tür auf und gingen hinein. Die Diele war groß und geräumig. Hohl schallten ihre Schritte. Der Garderobenständer weckte sofort Theos Interesse, während Lukas weiter ins Haus hineinging. Nachdem Theo sämtliche Jackentaschen durchwühlt und deren Inhalte überprüft hatte, fuhr ihm plötzlich ein Schreck durch sämtliche Glieder. Er zog seine Hand aus der Innentasche der Sportjacke und hielt darin ein in gelbes Bonbon-Papier verpacktes Hustenbonbon.

„*Kräuterfix ohne Zucker*?“, stieß er enttäuscht aus, ließ es in seine Tasche sinken und folgte seinem Kollegen.

„Meine Güte! Als Menschenhändler scheint man ein verdammt gutes Leben zu führen“, staunte Lukas, während er vor einem Fenster stand, das den Blick auf einen Swimmingpool freigab.

„Dafür ein kurzes Leben."

„Stimmt!" Lukas lachte. „Mit 30 reich und mit 40 tot. Nicht wirklich erstrebenswert."

Sie setzten ihre Suche fort. Theo kletterte auf den Wohnzimmertisch und schraubte die Deckenlampe ab, während Lukas einige Schubladen im Büro des Ermordeten durchwühlte. Plötzlich riefen beide gleichzeitig: „Ich hab was!"

„Du zuerst", bestimmte Lukas, als er mit seinem Fund ins Wohnzimmer stürmte. Dort fand er Theo mit einem Kronleuchter in der Hand vor. „Sag bloß nicht, dass du eine Lampe gefunden hast!"

Nun musste Theo so lachen, dass er das schwere Gerät fast fallen ließ. Hastig legte er die Deckenbeleuchtung auf dem Tisch ab und zeigte, was daran so interessant war: eine Wanze.

„Wow! Also wurde Adrian die ganze Zeit

belauscht", stellte Lukas fest.

„Und wir jetzt auch", ergänzte Theo.

„Hast du das Gerät nicht zerstört?"

„Was glaubst du denn? Wir können nur hoffen, dass das die einzige war."

„Ich habe auch etwas Interessantes gefunden." Lukas hielt Theo einen Brief vor die Nase.

„Was ist das?"

„Ein Schreiben aus Sinaloa in Mexiko."

„Und was ist daran so interessant?"

„Keine Ahnung. Steht ja nicht in Deutsch da. Aber schau mal, wer unterschrieben hat?"

Theo schaute sich nun das Blatt genauer an und sah, dass ein gewisser *Ramón Guzmán de Silva* der Verfasser des Briefes war. „Scheiße!", stieß er aus. „Ramón Guzmán ist eine Nummer zu groß für uns. Außerdem ist er nicht allein. Hast du schon mal von den *De Silva-Brüdern* gehört? Die beherrschen ganze Staaten in Mexiko mit Drogen- und Menschenhandel."

„Das ist nicht unser Problem", wehrte Lukas ab. „Die sind meilenweit weg. Oder glaubst du, Guzmán kommt extra vom fernen Mexiko zu uns ins kleine Saarland, nur weil einer seiner Handlanger hier ermordet wurde?"

Theo überlegte und meinte dann: „Sprach Allensbacher nicht von einem einzigen Mann, der womöglich das Kommando für beide Kartelle übernehmen will?"

„Doch! Und dieser Mann muss hier in Deutschland sein, sonst wäre es ihm nicht möglich gewesen, den Mord an Adrian Mazilescu zu veranlassen. Der ist es, den wir finden müssen."

„Wir?" Theos Stimme schlug in ein Falsett über. „Wir sind nur Kommissaranwärter, schon vergessen?"

„Ganz im Gegenteil", erklärte Lukas. „Genau deshalb machen wir uns jetzt auf die Suche nach Vladimir Kovac. Sobald wir ihn haben, muss er mit der Information herausrücken, wer der Mann vor Ort ist."

„Du meinst, wir rufen die Verstärkung erst, wenn wir alles aus ihm herausgequetscht haben?" Theo grinste.

„Klar! Oder willst du, dass dieser feiste Konz die Lorbeeren erntet?"

Damit war der Startschuss gegeben. Sie verließen das Haus, stiegen in den Wagen ein und fuhren los.

*

Die Zeit zu handeln war gekommen.

Die Irren befanden sich auf dem Vormarsch, was bedeutete, dass der Wahnsinn Einzug hielt.

Hatten wir verlernt, unsere Impulse zu beherrschen?

Er erkannte deutlich, wie sich bei manchen der Kontakt zur Realität veränderte – wie die Wahrnehmung die Wirklichkeit nach ihren eigenen Vorstellungen verschieben konnte. In einer von Äußerlichkeiten beeinflussten Welt liefen Möchtegern-Helden von einem nach Anerkennung gierendem Einsatz zum nächsten, um sich damit selbst in den Status einer bedeutenden Persönlichkeit zu heben. So korrelierte das Maß der Selbstüberschätzung mit der Anzahl der Erfolgserlebnisse, was diesen Schönling dermaßen beeinflusste, dass er in sich tatsächlich den Helden sah, der er gern sein wollte.

Aber Theo Borg hatte ihn vergessen.

Er würde ihm zeigen, auf welchem Trip er sich wirklich befand. Sein vermeintlicher Siegeszug sollte schon heute enden.

Genüsslich zog er an seiner Cohiba-Zigarre. Seine Gedanken ließen ihn innerlich entspannen, weil er genau wusste, dass er damit zwei Fliegen mit einer Klappe schlagen konnte.

Der Vergleich gefiel ihm: zwei Fliegen. Denn mehr waren sie nicht: Lukas Baccus und Theo Borg.

Er nahm den Hörer in die Hand und begann zu wählen.

*

Theo hatte wieder das Steuer übernommen. Er fuhr die Mainzer Straße entlang und von dort auf die Autobahn A 620.

„Wo fährst du hin?“, fragte Lukas, während er sich eine Zigarette anzündete.

„Zu einem Haus, in dem sich Vladimir oft aufgehalten hat.“

„Warum sollte er gerade jetzt dort sein?“

„Weil er sich dort sicher fühlt“, antwortete Theo. „Schließlich habe ich ihn wochenlang observiert. Dabei lernt man die Gewohnheiten von so einem Typ kennen." Er hustete demonstrativ. Genervt öffnete Lukas das Beifahrerfenster und warf die Zigarette hinaus.

An der Westspange verließen sie die Autobahn, schlängelten sich durch den dichten Verkehr, der sich am großen Ludwigskreisel staute, und bogen dahinter in eine Seitenstraße ab, die Lukas bisher noch nicht wahrgenommen hatte. Nach einigen Kilometern durch ein Gewerbegebiet, dessen Hallen und Büros direkt an der Straße standen, verwandelte sich die Umgebung in ein Wohngebiet. Sie passierten große Mietshäuser, die dicht an dicht standen. Dann folgten kleine Einfamilienhäuser mit großen Grundstücken, bis die Straße von Bäumen, Sträuchern, Feldern und Wiesen gesäumt wurde. Vor ihren Augen erstreckte sich nur noch Natur.

„Wo sind wir hier?"

„Zwischen Saarbrücken-Jägersfreude und dem Rastpfuhl."

„Dorthin hast du Vladimir verfolgt? Wie geht das, ohne aufzufallen?"

Theo lachte. „Ich habe natürlich Abstand gehalten."

„Und du warst dir ganz sicher zu wissen, wo er abgeblieben ist?"

„Du wirst es nicht glauben, aber ich habe mich davon überzeugt, dass er wirklich genau dort war, wo ich ihn vermutet habe, damit ich kein leeres Haus observiere. Es gibt auf dieser Strecke weit und breit nur eine einzige, einsame Behausung. Ein ehemaliges Gehöft. Dort hat er sich jedes Mal mit Geschäftspartnern getroffen. Das hatte ich Böhme gemeldet. Die Typen wurden alle vom SEK hopsgenommen, konnten aber keine hilfreichen Informationen geben. Sie waren aus Kroatien oder Rumänien und konnten kein Deutsch. Für wen sie arbeiteten, bekamen die Kollegen vom LKA nicht heraus."

Nach wenigen Kilometern bog Theo ohne ersichtlichen Grund für Lukas links ab. Der Weg hörte plötzlich auf. Vor ihnen standen nur Bäume und Sträucher an einem durchweichten Feldweg.

„Ich verstecke den Wagen hier. Den Rest gehen wir zu Fuß."

„Und wo ist hier ein Gebäude?" Lukas staunte.

„Hinter den Bäumen. Keine Sorge, wir sind genau richtig."

In geduckter Haltung näherten sie sich den Gemäuern, die von zerfallenen Holzschuppen umgeben war.

Plötzlich knatterte es ohrenbetäubend laut. Lukas warf sich auf den Boden, zog gleichzeitig seine Waffe und entsicherte sie. Nichts geschah. Sein Blick fiel auf Theos Schuhe. Mehr konnte er nicht sehen. Langsam drehte er sich um und schaute an dem Kollegen hoch, bis er von seiner Perspektive aus in Theos grinsendes Gesicht blicken konnte. Kein Gedanke darin zu erkennen, sich ebenfalls in Sicherheit zu bringen.

„Was ist los?“, fragte er verunsichert.

Im gleichen Augenblick wurde das Geräusch leiser, bis es verstummte.

„Ein Güterzug! Hinter dem Haus verlaufen Schienen.“ Theos Grinsen wurde breiter.

Murrend erhob sich Lukas. Zu seinem Leidwesen musste er feststellen, dass er sich in eine Pfütze geworfen hatte. An seiner Kleidung klebte Schlamm. Die Nässe zog durch bis auf seine Haut. „Sehr lustig! So wird ein richtiger Kriminalkommissar aus mir.“

„Für Inspector Clouseau reicht es", erwiderte Theo grinsend.

Ein leises Wimmern lenkte sie ab. Sie schauten sich an, beide hatten es gehört. Dann wurde das Wimmern lauter, bis sie erkannten, was sie gerade vernahmen. Jemand rief um Hilfe.

„Da ist jemand wohl schon vor uns dagewesen", schlussfolgerte Lukas.

Sie passierten in geduckter Haltung die zerfallenen Scheunen, bis sie vor dem alten Bauernhaus standen, aus dem die Geräusche drangen. Es war eine Männerstimme.

„Wir müssen rein! Egal, wer dort liegt, wir dürfen nicht so tun, als sei nichts", bestimmte Theo.

Lukas nickte, zupfte an seinen Klamotten herum und murrte: „Der nasse Sand rutscht mir bis in die Hose."

„Jetzt gehen wir erst dort rein. Der Typ

hört sich nicht sehr gesund an. Ausziehen kannst du dich hinterher auch noch."

Theo schaute durch die Fensterscheibe direkt neben der Haustür und konnte ein dürftig eingerichtetes Zimmer mit Fernseher, einer Couchgarnitur und einem Telefon in der Ecke erkennen. Das nächste Fenster gehörte zu einer Küche. In der Zwischenzeit drückte Lukas die Klinke der Haustür nach unten. Leise sprang die Tür auf.

„Nicht abgeschlossen", flüsterte er.

Sofort war Theo zur Stelle. Sie sicherten sich an der Tür ab, wie sie es in der Polizeischule gelernt hatten, und betraten das Haus. Schon gleich an der Treppe, die in den Keller führte, hörten sie die Stimme lauter werden.

„Er ist dort unten", flüsterte Theo.

Zuerst überprüften sie alle Räume im Erdgeschoss. Dort war niemand. Lediglich ein gelbes Bonbonpapier lag auf dem Wohnzimmertisch. Lukas hob es auf, drehte es in seiner Hand und steckte es gedankenlos in seine Jackentasche. Anschließend nahmen sie sich den Keller vor. Am oberen Treppenabsatz verständigten sie sich mit Zeichen. Lukas ging einige Stufen hinab, während Theo oben alles absicherte. Auf Lukas' Zeichen folgte er dem Kollegen. Unten angekommen erkannten sie, dass die Wände von Nässe durchzogen waren. Die Decke wölbte sich bedrohlich, als würde sie gleich herabfallen. Es gab nur eine Tür, hinter der sie wieder diese Stimme hörten.

Theo öffnete sie. Lukas sicherte sie beide mit der Waffe im Anschlag ab. Der Raum war stockfinster, sie konnten nicht das Geringste erkennen. Nur hören. Wieder diese Stimme. Etwas kam Theo komisch vor. Er schaute Lukas an, der mit den Schultern zuckte. Gemeinsam gingen sie hinein.

Theo schaltete seine Taschenlampe ein und leuchtete in die Ecke, aus der die Stimme kam. Als sie sich näherten, erkannten sie die Falle: Ein Tonbandgerät lief. Daraus ertönte ein schwaches „Hilfe".

Sofort wollten sie den Kellerraum verlassen, da fiel die Tür krachend ins Schloss. Ein Riegel wurde von außen geräuschvoll vorgeschoben. Theo leuchtete mit seiner Taschenlampe in Lukas' Gesicht. Der hielt die Hand vor seine Augen und murrte: „Mich musst du nicht anleuchten. Ich kann nichts dafür, dass wir in der Scheiße sitzen."

„Was machen wir jetzt?", fragte Theo.

„Wir schauen, dass wir hier rauskommen."

„Der Boden liegt voller Werkzeuge wie Hammer, Zangen, Meißel und Stemmeisen", murmelte Theo, als er sich umsah. „Meinen die vielleicht, dass wir uns gegenseitig erschlagen?“

Lukas zog seine Taschenlampe ebenfalls aus der Jackentasche. Dabei fiel ihm das gelbe Bonbonpapier zu Boden. Wie elektrisiert starrte Theo darauf und fragte: „Wo hast du das her?“

„Das lag oben auf dem Wohnzimmertisch. Ich weiß auch nicht, warum ich es eingesteckt habe.“

„Das ist die Lösung!“, rief Theo.

„Welche Lösung?“

„In Adrian Mazilescus Haus lag genau dieses Bonbonpapier unter dem Fuß des Sofas. Und in Adrians Jackentasche habe ich ein Bonbon passend zu diesem Papier gefunden.“

Verwundert schaute sich Lukas das Papier näher an. Es stammte von dem Kräuterbonbon *Kräuterfix ohne Zucker*.

„Das bedeutet, dass Adrian und Vladimir den gleichen Geschmack hatten", grübelte er, ohne mehr dahinter zu erkennen.

„Ist dir nicht aufgefallen, wie sich Konz ein Bonbon in den Mund gesteckt hat und danach das Papier so schnell wie möglich in seiner Hosentasche verschwinden ließ?", bohrte Theo weiter. „Das Papier war gelb – wie das hier."

„Ich erinnere mich nur, wie minzig sein Atem war. Richtig eklig. Mehr aber auch nicht."

„Ich hatte sofort ein merkwürdiges Gefühl, als ich das *Kräuterfix* in Adrians Jackentasche entdeckt habe. Erst jetzt kapiere ich, warum. Diese *Kräuterfix ohne Zucker* sind scheißteuer. Die Dinger gibt es nur in Spezialgeschäften wie Feinkostläden oder so. Da kostet ein Päckchen mit gerade mal 20 Gramm über zwei Mark. Die frisst nicht jeder tonnenweise. Nur, wer Geld zu viel hat ..."

„Du meinst, dass Konz Geld zu viel hat?"

Theo nickte.

„Aber muss das wirklich bedeuten, dass er der Mann ist, den alle so lange und verzweifelt suchen?"

„Als KHK verdient er nicht genug, um es aus dem Fenster zu schmeißen. Auch sonst würde alles passen ..."

Lukas hörte ihm nicht mehr zu, sondern begann plötzlich zu schnüffeln wie ein Hund.

„Was tust du?"

„Riechst du das nicht?", fragte er zurück. „Die fackeln die Bude über uns ab."

„Mit uns im Keller?" Theo rieb sich verzweifelt durch seine schwarzen Haare. „Scheiße Mann! Meine Karriere bei der Kriminalpolizei habe ich mir anders vorgestellt. Vor allem länger."

„Wir müssen schauen, dass wir hier rauskommen", beschloss Lukas. „Hilf mir beim Suchen – nach einem verbarrikadierten Fenster oder sowas. Irgendwas gibt es bestimmt."

„Okay, McGyver!"

Sie tasteten die Wände ab, leuchteten jede Ecke und jeden Winkel ab, bis Theo rief: „Ich habe eine Idee!"

„Schieß los."

„Mein Handy!" Triumphierend zog der das kleine Telefon aus seiner Tasche und leuchtete auf das Display. Dann hielt er es in alle möglichen Ecken, bis Lukas fragte: „Was wird das, wenn es fertig ist?"

„Ich suche einen Empfang."

Lukas stöhnte.

„Hier!", stieß Theo aus. „Hier ist ein Balken zu sehen. Das heißt, dass hier ein Netz ist."

Sofort begann er, die Nummer von Dienststellenleiter Wendalinus Allensbacher zu wählen. Schon nach dem ersten Läuten hob der Vorgesetzte ab.

„Hier sind Theo Borg und Lukas Baccus“, rief er laut.

„Wer! Was? Die Verbindung ist ganz schlecht.“

Theo wiederholte die Namen.

„Wo stecken Sie? Wir warten auf einen Bericht!“

Theo gab ihm die Ortsangabe durch und fügte an: „Das Haus, in dem wir uns befinden, wurde gerade angezündet. Es ist eilig.“

„Wenn Sie nicht eilig und höchstselbst im LKA antanzen, ist Ihre Chance, hier zu arbeiten, verpufft.“

„Wo ist Detlef Konz?“, brüllte Lukas dazwischen.

„Im Außendienst. Warum?"

„Er ist der Mann, den Sie suchen."

„Hat man Ihnen ins Hirn geschissen?", kam es erbost zurück.

„Wir haben einen Beweis dafür", funkte Theo dazwischen.

„*Kräuterfix ohne Zucker*", ergänzte Lukas.

Das Rauschen und Kratzen verstummte. Allensbacher hatte aufgelegt.

„Ich glaube, wir waren nicht sehr überzeugend", stellte Lukas frustriert fest. Ein verdächtiges Krachen lenkte beide ab. Sie leuchteten zur Decke und sahen, wie sich dort Risse bildeten. Kleine Rauchwolken zogen bereits an der Decke entlang.

„Wir sollten lieber einen Fluchtweg finden."

Weiter suchten sie alles ab, bis Lukas rief: „Hier ist eine bröckelige Mauerschicht. Hier kommen wir raus."

Sie nahmen Stemmeisen und Hammer und begannen, auf die Wand einzuschlagen, bis sie in Augenhöhe Tageslicht sehen konnten. Dieser Erfolg spornte sie an, weiter an ihrer Rettung zu arbeiten. Nach weiteren Hammerschlägen war die Öffnung groß genug, dass sie durchklettern konnten. Suchend schauten sie sich in dem Kellerraum um, aber dort gab es keine Kisten, Kästen oder Stühle, auf die sie sich hätten stellen können, um durch das Loch ins Freie zu klettern.

Sie schauten sich an. Keiner sagte ein Wort. Das Poltern und Krachen über ihnen wurde immer lauter.

„Wir müssen uns gegenseitig Hilfestellung geben", meinte Theo verunsichert. „Sonst schaffen wir es nicht."

„Blöde Situation – ich weiß." Lukas nickte. „Aber ich bin für einen ehrlichen Konkurrenzkampf. Alles andere wäre unlauterer Wettbewerb. Also gebe ich dir eine Spitzbubenleiter, damit du zuerst raus kletterst. Dann hilfst du mir von draußen, mich hochzuziehen."

Theo schaute seinen Kontrahenten staunend an. Lukas' Vorschlag ging tatsächlich soweit, dass er sich selbst Theos Loyalität aussetzte. Das musste ein gutes Zeichen sein. Also stimmte er zu und kletterte auf die verschränkten Hände, die Lukas ihm als Stufe anbot.

Kaum hatten sie ihr Gefängnis verlassen, hörten sie, wie die Kellerdecke einbrach. Erleichtert klopfte Theo seinem Partner auf die Schulter und meinte schnaufend: „Irgendwie sind wir ein gutes Team!"

„Stimmt. Bloß doof, dass nur eine Planstelle frei wird."

Plötzlich schossen Ziegelsteine, Holz und Glassplitter aus hohen Flammen in die Luft und landeten dicht neben Lukas und Theo. Die Hitze wurde unerträglich, die Geräuschkulisse immer lauter.

Das Krachen und Bersten schallte so laut, dass Lukas erst begriff was geschah, als eine Kugel direkt neben seinem Kopf in die Wand einschlug. Im grellen Schein den lodernden Flammen konnte er die Konturen eines Mannes erkennen: Vladimir Kovac. Lukas versuchte auf ihn zu schießen, doch Kovac verschwand zu schnell aus seinem Sichtfeld.

Theo zog Lukas am Ärmel seiner Jacke hinter sich her und keuchte: „Wir müssen hier weg, sonst erwischt uns das Feuer."

Doch sie kamen nicht weit. An der Hausecke tauchte plötzlich eine Gestalt vor ihnen auf. In ihren Händen hielt sie eine Waffe.

Zuerst konnten Lukas und Theo in dem flimmernden Licht nur Konturen ausmachen. Doch dann erkannten sie die Stimme – es war Kriminalhauptkommissar Detlef Konz, der ihnen befahl: „Waffen weg, ihr Schlaumeier! Oder wollt ihr sehen, was ich mit euch mache, wenn ihr nicht gehorcht?"

Er schoss auf ein Ziel hinter den Beiden.

Erschrocken drehten sich Lukas und Theo um und sahen, wie Vladimir Kovac von der Kugel getroffen ins Feuer taumelte und als Flammensäule wieder heraus stolperte. Markerschütternd waren seine Schreie, bis er sich auf den Boden fallen ließ und verstummte. Eine verkohlte und gekrümmte Gestalt blieb zurück, während die Flammen immer dichter an Lukas und Theo heranleckten. Der Gedanke, dem Brandopfer zu Hilfe zu eilen, wurde durch die vorgehaltene Waffe von Konz im Keim erstickt. Schockstarr hielten sie ihre Blicke weiter auf dieses Horrorszenario gerichtet.

Hämisch lachend befahl Konz: „Also, her mit euren Waffen! Obwohl – als Flammensäule würdet ihr mir besser gefallen."

Lukas dachte gar nicht daran, so zu sterben wie dieser Mann. Er griff in seine Jackentasche und hielt dem bewaffneten Mann blitzschnell ein Kräuterfix vor die Nase. „Wie wäre es damit?", fragte er. „Allensbacher ist inzwischen auch der Meinung, dass diese Hustenbonbons gesund sind."

Den Moment der Verblüffung nutzte Theo und entriss Konz die Waffe. „Jetzt sind Sie dran", brüllte er. „Hände hoch! Sie sind festgenommen."

Doch statt sich zu ergeben, drehte sich der Enttarnte rasch um und verschwand blitzschnell hinter dichten Hecken und Sträuchern. Lukas und Theo rannten hinterher, sprangen über Baumstämme und abgebrochene Äste, doch von Konz keine Spur.

„Verdammt ist der schnell!“, rief Theo. „So klein und fett, wie der ist, hätte ich das niemals für möglich gehalten.“

Lukas bekam keinen Ton mehr raus.

Dann hörten sie einen Automotor. Sie gelangten an den Platz, an dem sie ihren Dienstwagen abgestellt hatten. Das Auto war weg. Sie liefen weiter, bis sie freie Sicht auf die Landstraße hatten. Konz bog gerade mit dem Peugeot 307 auf diese Straße ab und gab Gas. In der Ferne konnten sie einen ganzen Konvoi aus Polizeiautos und Feuerwehrwagen mit blinkendem Blaulicht ausmachen. Der erste Wagen stellte sich quer vor Konz und hinderte ihn so am Weiterfahren.

„Wir haben Allensbacher wohl doch überzeugen können“, jubelte Theo und ließ sich auf den kalten Boden fallen.

Lukas fiel mehr um, als dass er sich hätte fallen lassen. Seine Lunge pumpte wie wild nach Luft. Jetzt hatte er Feuersbrunst und Kugelhagel überlebt, aber dieser Sprint durch den Wald hätte ihn fast umgebracht.

Schritte näherten sich. Erschrocken schauten sie sich um und sahen etwas langsam durch die Büsche auf sie zukommen. Lukas erkannte nur einen großen, bedrohlichen Schatten, der näherkam und sich langsam über ihn beugte. Verflucht, dachte er, Konz ist entkommen! Hastig wollte er seine Waffe auf dem Holster ziehen, als Theo ihn daran hinderte. Leise sagte er: „Das ist Allensbacher."

Erschrocken schaute Lukas genauer hin und erkannte tatsächlich den Dienststellenleiter der Abteilung für Tötungsdelikte.

„Da sind Sie ja", schnaufte der massige Mann und wischte sich mit dem Taschentuch durchs Gesicht. „Ich erwarte Sie morgen früh in meinem Büro. Für heute haben Sie genug angerichtet.“

Dann ging er wieder davon.

„Scheiße! Ich hätte ihn um ein Haar erschossen.“ Lukas fuhr sich mit beiden Händen durch das Gesicht, bis auch das völlig verschmutzt war. „Ich bin so fertig von unserem Sprint, dass ich schon halluziniere.“

„Du solltest mit dem Rauchen aufhören“, lautete Theos Kommentar.

„Du hast recht“, stöhnte Lukas zu Theos Überraschung. „Ich fange sofort damit an.“

„Das ist jetzt nicht dein Ernst?“

„Oh doch! Mein voller Ernst.“

„Darauf trinken wir einen“, schlug Theo freudig vor und hielt seine rechte Hand in die Höhe.

„Oder zwei!“

„Vielleicht auch drei!“

Lachend schlug Lukas ein.

*

Inzwischen standen alle Schreibtische an ihren Plätzen. Auf einigen fanden sich große, sperrige Computer, auf anderen noch die altbewährten Schreibmaschinen. Beamte räumten ihre Schubladen ein, andere sortierten ihre persönlichen Sachen auf dem Tisch. Die Umzugskisten stapelten sich zusammengefaltet an den Wänden und warteten darauf, von der Firma wieder abgeholt zu werden.

„Praktisch", meinte Lukas, als er mit Theo den Raum betrat. „Die Kisten kann ich gerade gebrauchen."

„Warum? Ziehst du um?"

„Ja. Wie ich dir schon gesagt habe: Wenn meine Frau sich etwas in den Kopf setzt, kriegt sie es auch." Lukas lachte. „Und weißt du, was das Witzige daran ist?"

Theo schüttelte den Kopf.

„Marianne hat eine Wohnung genau in dem Haus am Rothenbühl gekauft, aus dem das Landeskriminalamt gerade ausgezogen ist. Die einzelnen Etagen werden jetzt in Eigentumswohnungen umgewandelt."

„Deine Frau will ich mal kennenlernen. Nach dem, was du von ihr erzählst, muss sie echt klasse sein."

„Das ist sie auch." Lukas nickte. „Aber ich glaube, wir können unseren Gang nach Canossa nicht ewig hinauszögern."

Theos Lächeln verschwand aus seinem Gesicht. „Stimmt. Jetzt müssen wir der Wahrheit ins Auge sehen."

„Sollen wir Wetten abschließen, wer von uns beiden übernommen wird?", fragte Lukas.

„Dazu fehlt mir echt der Nerv", gab Theo zu und ging durch den großen Raum auf die

Tür zu, die zu Allensbachers Büro führte.

Unmittelbar nach dem Anklopfen ertönte schon ein „Herein".

Sie ließen sich auf den Stühlen vor dem großen Schreibtisch nieder, auf die der massige Mann wies und schwiegen. In dieser Zeit aß Allensbacher ein hartgekochtes Ei auf, nachdem er es gesalzen hatte, wischte sich die Finger an einer Serviette ab und schaute dann auf Lukas und Theo.

„Sie haben beide gute Arbeit geleistet", begann er. „Aber Ihr eigenmächtiges Handeln ist nicht zu verantworten."

Erschrockenes Lufteinziehen war zu hören.

„Sie hatten klare Anweisungen, keine Alleingänge zu machen."

Theo und Lukas schauten reumütig drein. Dann versuchte Theo, sich herauszureden: „Wir konnten niemanden über Funk rufen, weil wir nicht mehr an unser Auto gekommen sind. Deshalb haben wir es mit dem Handy versucht."

„Aber erst, nachdem Sie die Vorschriften missachtet haben. Sie hatten den Befehl, Verstärkung zu rufen, sobald Sie Vladimir Kovac gefunden haben."

„Wir konnten aber nicht wissen, dass er in dem Haus ist, solange wir davor standen", versuchte es nun Lukas.

„Hinzu kommt, dass Sie einen folgenschweren Anfängerfehler gemacht haben. Niemals gehen alle gleichzeitig in einen Raum, der zur Falle werden kann."

Darauf fiel keinem von beiden eine Rechtfertigung ein. Sie mussten einsehen, dass sie sich nicht mit Ruhm bekleckert hatten. Ihre Hoffnungen schwanden.

Allensbacher räusperte sich und hob den Zeigefinger, was in Lukas und Theo sofort die Frage auslöste, was sie noch falsch gemacht haben könnten. Doch dann folgte eine Überraschung. „Aber wenn man von diesen Fehlern absieht, haben Sie gute Arbeit geleistet. Deshalb habe ich beschlossen, Ihnen diese kleinen Übertretungen nachzusehen."

Nun hatte Allensbacher sie endgültig verwirrt. Sprachlos starrten sie ihn an.

„Ihre wirren Angaben von wegen *Kräuterfix ohne Zucker* haben mich stutzig gemacht. Doch plötzlich passte alles zusammen. Detlef Konz isst ständig diese teuren Minzbonbons. Weiterhin raucht er heimlich eine Zigarrenmarke, die sich ein Normalsterblicher gar nicht leisten kann, so teuer ist sie. Diese Sorte wird direkt aus Kuba geliefert. Auch seine Urlaube grenzen an einen Luxus, der nicht üblich ist unter den Kollegen. Dabei sind mir wieder seine Außendienstzeiten ins Gedächtnis gekommen. Bei jeder Razzia oder Überwachungsaktion hatte er zufällig etwas anderes zu tun. Nur so war es möglich, dass die beiden Kartelle ewig unbehelligt in Deutschland agieren konnten. Konz wusste, wann wir zuschlagen wollten und warnte sie."

Schweigen trat ein.

„Inzwischen haben wir von der Polizei in Mexiko erfahren, dass ihnen aufgrund unserer Ergebnisse ebenfalls ein großer Erfolg gelungen ist. Sie konnten Ramón Guzmán de Silva festnehmen. Eduardo Vasquez de Silva wurde bei der Flucht erschossen."

Allensbacher schenkte sich aus seiner Thermoskanne Kaffee ein. Angenehmer Duft hüllte die drei Beamten ein. Theo spürte sofort, was ihm an diesem Morgen noch fehlte: eine Koffeinbombe.

„Da Konz damit aus dem Polizeidienst

ausgeschieden ist, gibt es zwei Stellen in meiner Abteilung, die zu besetzen sind."

Lukas und Theo warfen sich einen hoffnungsvollen Blick zu.

„Auf meine Bitte hin hat Kriminalrat Ehrling gestern bereits mit Herrn Läpple, dem Innenminister, einige Gespräche geführt. Nichts spricht dagegen, dass Sie beide gemeinsam im LKA in der Abteilung für Tötungsdelikte arbeiten können. Ich denke, dass Sie ein gutes Team sein werden. Nächsten Montag fängt Ihr Dienst bei mir an."

*

Als Lukas und Theo wieder auf dem großen Parkplatz des Landeskriminalamtes standen, veranstalteten sie einen Freudentanz.

„Wir sind Kollegen! Wer hätte das gedacht?“, jubelte Lukas.

Theo hielt einen kurzen Moment inne und meinte: „Kann es nicht sein, dass wir inzwischen mehr geworden sind?“

„Was meinst du?“

„Ich meine, dass wir Freunde geworden sind.“

Lukas’ grüne Augen funkelten. „Klar doch! Nicht jedem erzähle ich so viel über mein Privatleben wie dir in der kurzen Zeit, die wir uns kennen.“

„Und ich glaube, als wir in diesem Keller festgesteckt haben und du mich zuerst durch dieses Loch hinausgelassen hast, wurde mir klar, dass du nicht so oberflächlich bist, wie du dich manchmal gibst.“

„Ich kann doch nicht vor jedem zugeben, wie es in mir aussieht“, gab Lukas zu. „Aber auf eins kannst du dich gefasst machen: Mein Übermut hat mir schon so manchen Ärger eingebracht. Als Freund würde ich sagen: mit gefangen, mit gehangen."

„Ich rechne immer mit dem Schlimmsten, dann werde ich wenigstens nicht enttäuscht", lachte Theo. „Und was tun wir jetzt?"

„Jetzt feiern wir, bis der Arzt kommt."

Sie ließen ihre Autos stehen und gingen los.

„Du willst doch wohl nicht ins *Kurze Eck* und dich prügeln, bis der Notarzt kommt?"

„Nein! Die Zeiten sind vorbei. Ich ziehe auf den Rothenbühl – ins gehobene Viertel von Saarbrücken", erklärte Lukas.

„Muss ich dich dann siezen?"

„Darüber sprechen wir, wenn es soweit ist. Aber du kannst Marianne und mir beim Umzug helfen."

„Und mir dabei gleich ein Zimmer für mich aussuchen."

„Das klingt schon nach Belagerung."

„Ach was, das klingt nach Freundschaftsdienst!"

„Ich glaube, die Sache mit der Freundschaft muss ich nochmal überdenken."

Ihr Lachen schallte laut über den Parkplatz.

Nachwort

Aus Lukas und Theo werden Freunde, die sich auch privat treffen. Mit ihrer lockeren Art und ihren coolen Sprüchen schaffen sie es, sich häufiger selbst in Gefahr zu bringen, womit sie für Hochspannung sorgen. Immer wieder werden sie zu Hilfe gerufen, wenn es brenzlig wird, denn es gelingt ihnen, die spektakulärsten Fälle aufzuklären. Das alles können Sie lesen in:

Tödliche Besessenheit
Mörderisches Puzzle
Eisige Rache
Blutige Mondscheinsonate
Tickende Zeitbombe

Spannende Unterhaltung wünscht

Elke Schwab

Als Postpakete mit Körperteilen eines noch lebenden Opfers auftauchen beginnt ein Nerven strapazierender Wettlauf.

»Wer also gerne temporeiche, spannende und abwechslungsreiche Krimis liest, die man angenehm flott weglesen kann, liegt hier goldrichtig. Und der Roman schreit geradezu nach einer Verfilmung!«

buchkritik.at

Elke Schwab:
Mörderisches Puzzle
Solibro Verlag 2011
[subkutan Bd. 3]
ISBN 978-3-932927-37-9
TB • 384 Seiten
als eBook:
eISBN 978-3-932927-64-5

mehr **Infos & Leseproben:**
www.solibro.de

Als im verschneiten Saarland aus dem Hintehalt geschossen wird, beginnt eine dramatische Tätersuche, deren Bezüge bis nach Afghanistan reichen.

»Die Geschichte entwikkelt sich unaufhaltsam mit einer präzisen und stimmigen Choreografie zu einer Generationen-Geschichte. (...) Ein Krimi mit Tiefgang und Lokalkolorit.«

Saarbrücker Zeitung

Elke Schwab:
Eisige Rache
Solibro Verlag 2013
[subkutan Bd. 4]
ISBN 978-3-932927-54-6
TB • 384 Seiten
als eBook:
eISBN 978-3-932927-72-0

mehr **Infos & Leseproben**:
www.solibro.de